KB076108

그늘진 말들에 꽃이 핀다

그늘진 말들에 꽃이 핀다

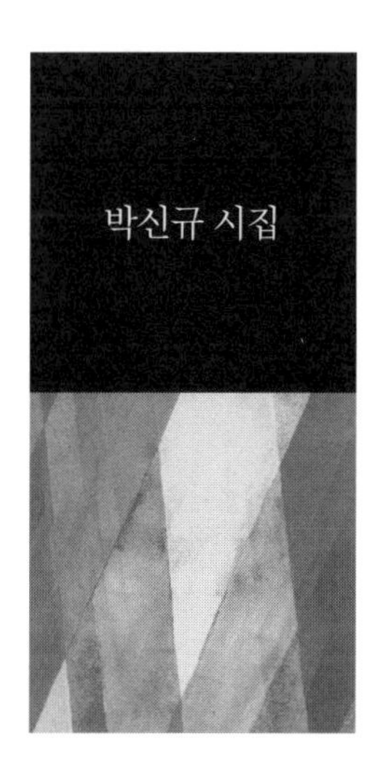

창비

차례

제1부 • 그리고 그럼에도

010 봄밤, 우주의 저편
011 칼날이 잠든 곳
012 너는 봄이다
014 물끄러미 혀에 가닿는 그 말
016 미류를 부를 때
018 첫사랑
020 떠도는 손
022 김사인과 싸우다
024 허공 항아리
026 반지하 바다
028 늙은 무사
030 허,
032 눈길을 따라가다
034 이석
035 나무수국

제2부 • 친애하는 배후 세력들

038 봄비
039 검은 마루 붉은빛

040 청혼
042 천사의 발자국
044 환상박피
046 불카분 낭
048 사라진 유산
050 여름 한가득 붉고 파닥거리는
052 노을 알레르기
054 철조망을 중심으로 안과 밖
056 가수리
058 히말라야의 염주
060 유리비행
062 저만치에 배후 세력들
064 연시가 녹는 시간
065 삼십세

제3부 • 더럽고 숭고한

068 거룩한 일
070 들별꽃
072 호랑이는 나를 물어가지 않았다
074 꽃

075 지독한 사랑
078 그런 날들
080 동막떡
082 필언허고 모다들 살아지는 것잉게
084 영등할망
086 애완동물의 일상을 보는 시각
088 삐라를 주세요
090 그해 첫눈
092 노동시 혹은 에디터십
094 그믐달
095 자국도 없이

제4부 · 공중에 나는 저 꽃은

098 곡우
099 관식이처럼 마주 앉아서
102 화양연화
104 「저녁눈」 듣다
106 자유로
108 가수리 2
110 슬픔의 질량

112 대숲의 묵시록
114 모래알 동기들
116 꽃가루주의보
118 걸어가는 풍경들
120 악기, 오래된 전주곡
122 무릎
123 숨

124 해설 | 이은지
136 시인의 말

제 1 부

그리고 그럼에도

봄밤, 우주의 저편

야근을 멈출 수 없었다

위성도시로 가는 심야버스에 올랐다

졸다가 땀을 훔치며 내렸다

어린 시절 폐쇄된 간이역

백목련이 터진다

칼날이 잠든 곳

새끼 밴 생구(生口) 따위가 사람보다 더 대접받는다고, 면도날 하나를 여물에 넣고 두근두근 내가 더 야위어가던 어린 시절이 있었다

내 혀 깨물고 죽어도 울지 말거라, 속병으로 약봉지를 끼고 사는 노모는 걸핏하면 일을 때려치우는 자식이 걸려 잠을 거른다 화를 삭이지 못하고 또다시 사표를 던진 날 어머니 생각에 사골을 사러 가서 보았다 간혹 소의 몸에 서려 칼끝도 받아낸다는 그것, 장기인지 쇠붙이인지 모를 덩어리가 칼잽이의 손에 검붉은 김을 내뿜고 있었다

선무당같이 시끄럽게 떠들던 돌팔이가 슬쩍 소 주둥이에 밀어넣은 건 자석이었다 이튿날 거짓말처럼 벌떡 소는 일어났고 방바닥을 구르던 나의 복통도 잠들었는데

잠들지 못하는 장기
숨 가쁜 자력은 다 늙어 쇠하도록
끌어안은 날
잠재우고 있다

너는 봄이다

네가 와서 꽃은 피고
네가 와서 꽃이 피는지 몰랐다
너는 꽃이다
네가 당겨버린 순간 핏줄에 박히는 탄피들,
개나리 터진다 라일락 뿌려진다
몸속 거리마다 총알꽃들
관통한 뒤늦게 벌어지는 통증,
아프기 전부터 이미 너는 피어났다

불현듯 꽃은 지겠다 했다
죽을 만큼 아팠다는 것은
죽지 않고 살아남았다는 것
찔레 향에 찔린 바람이 첨예하다
봄은 아주 가겠다 했다
죽도록,이라는 다짐은 끝끝내
미수에 그치겠다는 자백
거친 가시를 뽑아내듯 돌이키면
네가 아름다워서 더없이 내가 아름다운 순간들이었다
때늦은 동백 울려퍼진 자리

때 이른 오동꽃 깨진다, 처형처럼
모가지째 내버려진 그늘
젖어드는 조종(弔鐘) 소리

네가 와서 봄은 오고
네가 와서 봄이 온 줄 모르고
네가 가서 이 봄이 왔다
이 봄에 와서야 꽃들이 지는 것 본다,
저리 저리로 물끄러미
너는 봄이다

물끄러미 혀에 가닿는 그 말

바람난 여자에게 다 내어준 친구
만취한 한마디 말이
거지꼴로 나앉아 있었는데,
수절한 할머니의 반평생을
통곡할 때도 그 말은
허리처럼 굽은 채 입관되었는데

차라리 죽여달라, 사일 만에 깨어나 어머니에게 악쓰다가 혼절한 병실, 고열에 녹아 내 온몸을 흐르다가 수술 자국 틈으로 새어나오던 말,
'앙구찮응게'
수만번 듣고 발음해도
도무지 통역할 수 없는, 앙구찮응게
밟혀서 눈에 잘 띄지 않아서
들꽃 같은 사람들
나지막이 호명하며 살다가
내가 수의로 꺼내 입고 간 그 말

짐승으로 오고 자칫 사람 몸으로도 던져져서

밀리고 서럽고 걷어차이고
삶은 또 지속적으로 뻔하였다
그러나, 그럼에도 불구하고
혼자 앉아 허겁지겁 허기를 지우다가 문득
씹다 만 돌에 혀를 대고,
물끄러미 굴리다가 흘리는
그 말씀,
홀로 눈물 머금은 그 얼굴들

미류를 부를 때

모든 것은 너의 입술에서 흘러나와
흘러가는 두 음절에서 시작되었네
숯의 무늬로 잠든 겨울나무에 입술을 대고
미류— 하고 나지막이 몸속 현(絃)을 퉁길 때
새싹 불씨 번져서 걷잡을 수 없는 선율로 타올랐네
겨우내 벌거벗은 은신처는 비로소 무성하게 묻히고
얼어붙은 공중의 길은 다시 둥지로 흘렀네
새소리 넘쳐내려 여름의 심장을 적시고
너의 입술이 동그랗게 다시 미류—라고 연주할 때
온몸으로 활활 나무는 흘렀네 밤하늘 너머 강변까지
은하의 수원지, 미류에선
무엇이든 시작하지 않고는 죽는 게 나아서
나무의 불길에 방을 들였네
재가 될 때까지라고 무작정하고
더없이 뜨거워졌네 우리는
물속과 불속을 뛰어다니고 울고 할퀴었네
허기를 지나 코피가 터질 때까지
알몸으로 노래하기를 하염없이 반복하다가
하염이 없다가 문득 죽을 만큼 지루해졌는데

그때는 참으로 무섭고 서늘했네
미류강에 쏟아붓고 떠내려보내도
짧은 청춘이 겁처럼 머나멀기만 했네
끝내는 죽는 게 나을 만큼 까마득했는가
어느날 네가 우두커니 창밖을 향해
저것은 미류가 아니라 미루,라며
악기를 부수고 호흡을 버리는 순간
캄캄하게 창이 깨지고 은하수는 꺼지네
흐르던 나무는 흐느끼네
물 위로 부패한 음들이 둥둥 떠오르고
나는 목이 메어 울음도 없네
잦아드는 불길에 너를 뿌리면
목을 매단 음악이 가루로 흩어지네
이 또한 너의 입술에서 비롯되었으나
흐르는 흐르고 있는 것은
미루가 아니라네 잿더미에 버려져도
미류, 미류—라네

첫사랑

유난히 내게만 통명부리는 여자애가 있었다
그 집 안을 훔쳐보다 딱 마주쳐 울고 싶을 때
탱자나무 울을 휘젓는 참새떼보다
얄밉게 웃던 그 가시내
'사랑한다, 너를 사랑한다'고 수백번 썼다 지웠다
결국 밤이 샐 때까지 '좋아한다'로 고치지 않고
부친 손편지가 있었다
그리고 일백번 고쳐 후회한 다음날
그 동네 초입 느티나무 주위를 감돌며
기다렸다, 기다리고 기다려도
회수해야 하는 편지는 오지 않았다
오줌을 참을수록 애가 타올랐다,
노을빛에 얼굴 붉어진 반달이 떠오를 때까지
앓아누운 우체부가 배달을 미룬 줄도 모르고

우체부보다 편지보다
그애가 먼저 오고 있다
이파리 다 진 지구의 한가을 느티나무 아래로
노려보는지 우는지 모를 낯빛으로 와서

주저하다 열리는 입술을 주고
떨리는 손을 잡아 뜨거운 심장 소리에
포개어놓는다 윤슬이 반짝이는 동공은
가시 찔린 탱자 향처럼 단호하고 위태롭다
주춤주춤 어린 몸들이 움직이는 곳마다
조마조마 수군대며 노래지는 낙엽들
온몸의 실핏줄이 날을 세울 때
하늘의 살품에서 떠오르는 상현(上弦)
느티나무 손가락을 어루만진다

떠도는 손

김경언 형에게

멈추면 밀어주고 싶은 것들이 있다
오래 줄 서서 그네를 타는 함성은
아이의 꿈속까지 따라간다
높게 흔들릴수록 잠꼬대는 환호성이다
멈춰서도 흔들리는 것들,
사채에 쫓기는 가장의 주먹은
유서를 찢는 여고생의 흰 손은
낮게 흔들리며 그네에 남아 있다
흔들리면 붙잡고 싶은 것,
첫 키스의 여운이 길게 앉았다 간 그곳에
이별을 앞둔 저주가 짧게 머문다
치매요양원을 검색하다 말고
예순의 며느리는 힘주어 그네줄을 잡는다
붙들어도 흔들리는 것이 있다
아주 많이 흔들렸으므로

쉽게 붙잡지 못하는 것들이 있다
너무 오래 흔들려왔으므로
놓아주고 싶은 것들,

해는 저물고 어김없이 시작하는 새해
잠 못 드는 연휴 지나
구년째 의식이 없는 병실에 간다
궤도를 잃은 유성처럼 흔들리는
그 눈빛에 안부를 물어야 한다
촛불을 대신 끄고 손뼉 치며
생일을 축하해야 한다
늘 웃는 얼굴인 그가 크게 웃으면
모두가 환해지던 때가 있었다,
뇌주기에는 아직 힘주어 따뜻한
손이 있다

* 김경언은 1967년 연초 포항에서 태어나 서울에서 자랐다. 내가 아는 그는 세상에서 가장 부지런하고 성실하게 직장을 다녔고, 영화를 사랑했으며, 주말에는 아들과 약수터에 가는 걸 즐겨 했다. 2009년 6월 10일 저녁 친구들을 만나 조촐하게 6월항쟁을 기념하고 다음날 지방 출장을 떠났다가 6월 12일 뇌출혈로 쓰러져 아직까지 의식을 회복하지 못하고 있다.

김사인과 싸우다

다음 생이라는 게 있다면
나의 일상은 응당 이러할 것이다
그와 한마을 동갑내기로 태어나 이틀 걸러 하루는 드잡이하는 것
세번 싸워 두번은 지는데 결정적일 때는 꼭 이기는 것
멀리싸기 시합을 하다가 그의 언 발에 오줌을 누는 것
'말천천히하기' 대회에서 우승한 뒤 날로 경신하는
우주에서 가장 느려터진 말투로
그의 복장을 터뜨리는 것
점빵집 딸내미를 먼저 찜했다고 밤새 싸운 뒤
서둘러 고백하고 껴안았다가 뺨 맞은 소문만 쫙 퍼지는 것
그래도 그 맵짠 기억을 품고 청춘을 견디겠노라며
고백도 못한 그에게 초를 치는 것
동네는 두메산골은 아니고 읍내도 아니고 면소재지 정도면 좋지
하나밖에 없는 구판장 막걸리는 항시 쌀되로 덜어줘야 하지
안 서운할 만큼 사카린을 치고
넘치게 담아 주모 엄지 맛도 봐야 더 좋지

취할수록 서운해져서 고래고래 노래 부르면
뉘 집 자식인지 이장집에서 무당집까지 죄 알게 되는
저지른 짓보다 곱절로 낯뜨겁다가
금방 다시 낯두꺼워질 수 있는 마을이면 적당하지
아비 몰래 논 서마지기 팔아먹은 돈으로
나이 많은 과부와 밤도망 치는 일은 있어야 하네
전주나 청주쯤에 살림 차렸다가 버림받고 돌아와
암시랑토 않은 척 처자빠져 있다가
쬐금씩 부끄럽고 쬐금 더 억울해지는 얼굴로 앉아 있다가
괜찮다, 괜찮어, 다 괜찮어… 떼꾼하게 더듬거리는 그를
붙잡고
청춘은 다 갔네 어쨌네 같잖지는 않게 재재거리다
풀썩 낮술에 젖어드는 것
마실수록 자기가 담근 술이 더 맛있다고 우기다가
두 항아리 다 비우는 것
벌게진 얼굴로 나란히 노을 붉은 수렁에 빠져
멍하니 끔벅거리다가 찔끔하다가 낄낄대다가
비로소 어깨에 기대 꺽꺽 울어제끼는 일은
반드시 있어야 하네

허공 항아리

옹기장이 윤석문

날마다 이정표가 되어준 종착역은
한번도 가보지 못한 섬이었다
오이도행 막차에 몸을 구겨넣던 어느날
대필과 소설 윤문으로 받은 생활비가
피 뽑고 받은 빵이었다, 난간으로 갔다
돌아섰다 또다시 나아갔다
두려움이 허공의 아가리라는 걸 알았을 때
더는 서울 변두리에서 숨길을 막을 수 없었다
아내와 두 아이를 데리고 무작정 뛰어내린 곳이
무주군 안성면, 무덤 같은 가마 앞
불을 지키는 어둠으로 남겨져서야
막막하게 덮치는 외로움이 다스해졌다
형상이 아니라 허공을 빚고 침묵을 모셔와야
그릇이 완성된다는 걸 알아갈 무렵
셋째가 태어났고 아이들은 비로소
별 아래 환한 옹기종기가 되었다
가마 하나씩 가슴에 품고 벌판에 나가
불을 조절했다 산이 되고
솔이 되고 강이 되었다

둘째의 아토피 진물이 사라진 뒤에야
기절하듯 잠들 수 있었던 아내는
천천히 숨을 고르며 옹기를 닮아갔다

절벽으로 밀려나서 돌아보면
가지 않은 길은 길이 아니다
길들여진 길도 흔적 없다
실패한 그릇처럼 숱하게 깨진 뒤에야
볼 수 있는 것이 있다, 보이지 않는 듯이 있는
온몸으로 품은 허공이 내는 길,
적막한 벽 속으로 숨의 길
스며든다

반지하 바다

빗소리는 늘 비릿했고
축축한 햇빛은 짧지만 아늑했다
밤늦게까지 함께 일하고 함께 가난해도 좋았다
한밤 인쇄소 소음과 두통을 벗어놓고
'파주상회' 지나 '헌책'과 '철물점' 지나
비탈진 '물망초' 홍등 건너
숨차는 목련주택 반지층
각시고둥 같은 여자와 살았다

맑은 가을날 소나기 듣는다고 쪽창을 닫을 때
까치발이 예뻤던 여자, 함박눈 내리는 밤엔
파도가 멀다고 썰물 때라고 했다
귀울음이 터질 때마다 라디오 백색소음을 높이고
사랑을 나누면 마른 가슴께에서
해조음이 흘렀다, 돌아가야 해 아무래도
바다를 버려서 고장난 거야, 쥐어뜯을 때마다
파리한 귓불에 맺히는 핏방울
목련에 닿는 달빛 주파수가 너무 높다는 밤
우는 소리를 밀쳐내고 잠들면

수평선에 베인 꽃잎들 피를 뿌렸고
썰물에 떠가는 귀를 줍다가 깼을 때는
이미 사라진 그 여자, 들리지 않았다

맥주 양주 소주처럼 오래된 골목을 지나
한없이 절망이던 잉크통 냄새를 지나
소음도 침묵도 다 파본 난 스물아홉
수색역 지나 경의선에서 조금 더 밀려난 곳
거기 반지하 바닷가 빈방
그 여자가 남기고 간 것이 있었다
고막이 터질 만큼 커지는 적막,
검게 무른 목련꽃 귓바퀴에선
바다 냄새가 낭자했다

늙은 무사

하도리 시골집으로 이사했다
옆집 하르방은 볼 때마다 맵짰다
인사해도 고개를 틀어 받는 둥 마는 둥
말하지 않아도 냉랭하게 들렸다
재수 없게 육지 뜨내기가 굴러들어왔다고
뭐라도 물어볼라치면 쏴붙이는 "무사?"
숯검정 눈썹을 갈아세우고 그가 하는 말이라고는
싸울 준비를 마친 무사,밖에 없었다
느닷없는 가을 태풍이 왔다
코를 골며 평온한 것은 어린것들뿐
굉음 한가운데서 벌벌 떨며 한숨도 못 잤다
제주에 오래 살고 싶다던 아내는 몇시간 만에
머무는 곳이지 사는 곳은 아니라고 말을 바꿨다
밤새 꼬박 부서지던 폭풍우가 육지로 떠나자마자
들이댓바람에 달려온 하르방
—어떵 안해신냐? 애기들 다치진 안했고?
따지듯 묻더니 무사를 확인하자마자
발길을 돌린다 우물쭈물 뒤따라가자
가차 없이 가래 끓는 무사,가 날아온다

별일 없으신지 잠은 잘 주무셨는지 안부를 묻자
—이 보름에 소름이, 소름이 좀이나 자져?
더듬더듬 사투리를 번역하는 사이
폭풍같이 쌩하니 사라지는 무사
쌩하게 살아가는 것으로 겨루자면
무너진 돌담에 쏟아지는 햇살도
날아간 지붕에 솟아난 아침 달도
늙은 무사에 질 수는 없었다

허,

어디까지가 어깨이고
어디부터가 팔인가
허수아비 그늘이 소란하다
촌스럽다고 떠들면서도 모여드는 작설들
바람 불면 나부끼는 소매로
하늘을 가리는 참새들
세차게 몰아치는 벌판에 나설 땐
허수아비 기치를 올려야 하네
허허실실로 허허진격이네
바람 잦아 심심하면 안대를 씌워 애꾸를 만들기도 하네
어디까지가 모가지이고 어디부터가 몸통인가
쳐내자니 애매할 것도 같네

단정한 혀와 넓은 어깨들 모두
등 뒤로, 이목구비 파낸 제웅 뒤로 숨었네
목을 매단 허깨비 공중에 흔들거리네
바람에 맞서는 허허벌판의 허, 혀,
폭풍이 지나간 폭풍처럼 다 떠나간 자리
바닥에 홀로 남겨진 허,

신발 자국 선명하게 찍힌 혓바닥 하나
목소리 떨어진 피켓의 뼈대 같은
버려진 종이 박스로 만든 십자가 같은
어디까지가 벌 받는 어깨이고
어디부터가 피 흘리는 손인가
애매해서 부러지진 않았네

눈길을 따라가다

죽을 것 같은 고통만 남고
죽지는 않았을 때 바다로 갔다
등을 돌리고 보이는 것은 사람뿐이라서
머나먼 시골 바다로 갔다
관광객이 보이는 주말이면
깊게 숨은 절벽에 누워
별빛과 파도에 숨소리를 조율했다
그리운 것이 지면 그믐달이 떴다
외로움만은 끝끝내 더러워질 수 없다고
노래할 때마다 바다는 더 외롭게 아름다웠다
먼바다를 향해 사람의 마을을 등지고서야
겨우 숨을 쉴 수 있었다

늦은 저녁부터 태풍이 덮쳤다
분노보다 더 가속도가 붙더니 결국
영등할망은 몰고 가던 바람의 고삐를 놓쳤다
귓속에는 사람들의 허상을 찢는 전투기 소리
담이 무너지고 지붕이 날아가고
불과 물이 끊겼다, 폭격이 멈춘 아침

안부를 묻는 사람들과 마을이
하나같이 쓸쓸했다, 한없이 화창했으므로
세수 못한 얼굴들이 난민처럼 막막했다
잠잠해진 바다는 더 깊고 푸르렀으나
폐허로만 사람 사는 곳으로만
자꾸 눈길이 갔다

이석

다시는 돌아가지 않을 것이다

죽음을 선언한 뒤
중력을 벗어던지고 뛰어내린다
운석들이 충돌한다

머릿속에선 끊이지 않는 빗소리
아플 때마다 하염없이
폭설은 밤바다에 투신한다

돌은 진다 닿을 데 없이 떨어진다
죽음의 인파, 더러운 소음 속에
놓치고 헤어진 혈육 같은

벗어났다는 안도는 금세 이탈했다는 불안에 녹는다

돌고 도는 것은 당신이 아니다
멈추면 비로소 우주가 공전한다

나무수국

꽃보다 그늘이 아름답지
한밤중일수록 그늘은 더 환하지

한껏 피어나서 지지 않는
속옷만 스쳐도 아리는 몸살
태동이 사라진 아랫배가 서늘하다

단번에 그믐 쪽으로 건너뛰고 싶은
보름달 아래
나무수국 아래
젖을 주는 여자

배고파 우는 무정한 그늘
텅 빈 흰 그늘

제 2 부

친애하는 배후 세력들

봄비

늦잠 잘 때 내린다
낮잠 잘 때에 내린다

어머니 목소리 창가에 듣는다
하이고 —
게으름쟁이 잠 자알 오게 비가 오신다 잉

검은 마루 붉은빛

첫 기억이 무엇인지
처음으로 손을 잡으며 그녀가 물었을 때
눈부셔서 눈을 감았네
사형제 늦둥이로 나와 네살 넘도록 젖을 먹었다네
청명한 단오 한낮
젖을 더듬어 입에 물 때
워메, 시상에나 이렇게 큰 얼뚱애기가 다 있디야,
대문집에 모인 아주머니들
한목소리로 놀릴 때
태어나 첫 부끄러움을 알아
품속에 얼굴 파묻을 때

붉게 닳아 검어진 그 빛,
검은 마루에 윤은 백년햇살을 물고
뜰방 너머 석류꽃은 다홍에서
선홍으로 건너가고 있었네

청혼

수억년 전에 소멸한 별 하나
광속으로 빛나는 순간이 우리의 시간이라는,
은하계 음반을 미끄러져온 유성의 가쁜 숨소리가
우리의 음악이라는,
당신이 웃을 때만 꽃이 피고 싹이 돋고
당신이 우는 바람에 꽃이 지고 낙과가 울고
때로 그 낙과의 힘이 중력을 지속시킨다는,
하여 우리의 호흡이 이 행성의 질서라는
그런 오만한 고백은 없다네

바람에 떠는 풀잎보다
그 풀잎 아래 애벌레의 곤한 잠보다
더 소소한 것들을 물끄러미 바라보기 위해,
주름진 치마와 해진 속옷의 아름다움
처진 어깨의 애잔함을 만지기 위해,
수십년 뒤 어느 십일월에도
순한 바람이 불고 첫눈이 내려서
잠시 창을 열어 눈발을 들이는데
어린 새 한마리 들어와 다시 날려 보내주었다고

그 여린 날갯짓으로 하루가 온통 환해졌다고
가만가만 들려주고 잠드는
그 하찮고 미미한 날들을 위해서라네

천사의 발자국

세상에 던져진 것들에게 첫 일년은
필생의 시간만큼 험하고 낯설다,
말 못해 울부짖는 짐승
미지근한 물로 온몸을 닦아내도
응급실에 실려가서도
아이의 울음은 점점 더 멀리 깨진다
목 쉬어 자지러진 뒤에도
지구 반대편 마을까지 날아간다

누가 다녀갔을까
가장 여리고 부드럽게
고통의 정점을 눌러 밟으며
걸어간 발자국마다 열꽃을 피워놓았다
어둑새벽 꽃 핀 자리 새끼와 어미가 잠에 들고
몬떼비데오 가난한 바닷가 마을
그 아기도 비로소 고열을 벗고
노을 속으로 잠든다

누군가 다녀갔다

엊그제 돌잔치에서 큰이모가 알려준
그의 이름은 무엇일까
돌 너머까지 살다 갔다는
큰형보다 두살 위라는 그 형
호적에도 못 올린 그 아가는
이름도 없었을까
마음껏 울고나 갔을까

환상박피

사월 유사

거대한 오름과 오름 사이, 마을이 하나 있다
마을 끝 오래된 후박낭 울타리 집엔
굳고 푸른 그늘 같은 남자가 있다
어느날 후박낭 이파리에 홀린 여자가
지나가지 못하고 나무 아래 잠이 들었다
남자는 바로 사랑에 빠졌고
여자는 술에 빠져 있었다
남자는 가장 아름답고 넉넉한 나무를 둘러
둥그렇게 평상을 만들고
여자는 그늘에 앉아 술을 마셨다
동네 술꾼들도 모여들었다 아무리 취해도
죽었으나 죽어도 죽지 않는
죽음들을 입에 올리지 않았다
술이 안 깬다고 투덜대는 사람이 있을라치면
경쟁하듯 댓바람부터 다시 시작했지만
여자는 유독 몰살당하듯 온몸으로 마셨다
술이 깨면 야윈 사람들은 더 야윈 여자를 보며 안심했다
뼈만 남긴 여자가 무섭게 흔들렸을 때에야 술꾼들이 흩어졌다

사흘이고 열흘이고 돌아오지 않던 여자가
지칠 대로 지쳐 후박낭 아래 잠들면
남자는 가만히 그 곁에 누웠다
여자에게선 분화구의 안개 냄새가 났고
어느 때는 쑥대낭 냄새, 귤꽃 향을 풍겼다
그 냄새에 불안해하다가 아릿한 꿈을 꾸는 것도 잠시
사월 식게가 끝난 뒤로 여자는 영영 돌아오지 않았다
남자는 평상이 놓인 나무를 시작으로
나무들 허리에 낫을 그어 깊고 넓게 껍질을 벗겼다
환장한 듯 술을 마시기 시작한 남자가
박피한 후박낭 허연 몸통에 술을 부었다
가죽만 남은 여자의 몸을 닦듯 경건하게
잔인한 유산처럼 오래 전해온 울타리가
서서히 아주 천천히 기어이 말라 죽자
흔들흔들 홀로 사라지는 남자가 있다
신성한 오름과 오름 사이로
흔적 없이 사라진 작은 마을이 있었다

불카분 낭

오래전 화형당한 숯덩이 신낭
팽나무 옆구리에서 숨비소리가 났다
폐허의 허파에 터지는 숨
내생이 이승을 어루만지는 손길로
반쪽이 어두운 반쪽을 껴안고 초록으로 솟구친다
죽음이 시신을 껴안고 통곡할 때
태워진 몸은 스스로 있는 존재처럼 일어난다
시나이산 떨기나무처럼 다시 불사른다
바다에 피를 씻고 걸어나온 불
죽어서도 몸살 난 가슴 풀어헤쳐
너븐숭이 애기무덤에 젖 물리는 혼불들
도틀굴 열고 다랑쉬굴 뚫고 나와
검붉은 바람 앞에 심지를 세우는 횃불들
눈감지 못한 수만 눈동자들은 하나둘
선흘리로 와서 천년수(千年樹) 이파리로 맺힌다
학살로 몰살로 끝낼 수 없는 것이 있다
한번 죽은 것들은 그 어떤 것으로도
다시 죽일 수 없다,
인간도 신도

또다시 죽을 수는 없어서
타오른다, 피어린 채
피어난다

사라진 유산

여름에 이르는 길목은 향기로웠다
밤물결 근육이 진초록으로 단단해지면
은어가 길을 잃지 않도록
여뀌꽃들 한층 더 붉어진 얼굴로
바짝 물가에 붙어 마중하고
은하수는 한껏 부풀어 터지는 젖을
요천수(蓼川水)에 흘려보냈다
지칠 새 없이 세찰수록 은어떼 냄새는
강둑을 타넘어 마당 지나
방문을 밀고 덮쳤다

수박 향이 난다고들 했지만
어린 내게는 그 아이 냄새였다
웃고 울어 살구꽃 피고 지게 하던
잿말 가시내는 내 꿈속까지 훔쳤다
뜨겁게 파닥거리다 서늘하게 젖어 깨면
강물 속 반딧불은 더 맑게 흐르고
은어들은 더 진하게 익어 오르고 있었다
절로 부끄러워 뒤안으로 들면

장독대에 살구떼가 쏟아져내렸다
노랗게 으깨져 서운했다가
시고 서러워지는 밤이었다

여름 한가득 붉고 파닥거리는

병약한 선잠을 부순 건
포악한 들비둘기들이었다, 고 잡녀르 것들이
방천에 심군 메주콩 싹을 다 뜯어먹는대
귓가에 울리는 형의 목소리는
세상에서 가장 고요하고 평화로웠다
어둑새벽부터 요천수에 나가
형은 목청껏 새를 쫓고 나는 이 잡것들이
왜 평화인가 곰곰이다가
서울서 왔다는 대학 초년생
창세기를 읽다 말고는 곧잘 빨개지는
성경학교 선생의 귓불과 향수를 떠올리다가
방주(方舟)에 갇히는 악몽을 꾸며
졸다 깨다 했다

한참을 싸우고 땀을 훔친 형이
업고 간 곳에서 나는 놀란 눈으로 비장해졌다
방천 양수장이 수로에 토해내는
은어 메기 빠가사리 붕어 피리 징게미,
반나마는 펌프를 통과하면서

내장이 찢기고 피가 터졌다
한가득 퍼담았다 여름내 넘쳐흐르는
잔인하고 경쾌한 죽음들
가난한 교회 언덕 십자가에는
비늘 빠진 속살처럼 아침놀이 녹슬었고
내장을 씻어내는 형의 볼에는
상한 영혼 같은 비린내가
붉디붉게 파닥거렸다

노을 알레르기

집시가 말했다
지상에서 가장 매혹적인 것은
아라베스끄 화려한 궁전이 아니라
성곽에 번지는 노을,
그 붉은 침묵보다 위험한 것은 없다고
패멸한 왕이 울며 성을 내어주던 날
홀로 망루에 서서 사라진 후궁처럼
노을 한가운데 매달린 사람이 있었다
유서는 눈물을 보이지 않았다
'어스름에 우는 자가 할 수 있는 건
눈물로 얻은 소금 한줌을 뿌려
부패해가는 시간을 하룻밤 더 연장하는 것일 뿐'
금지된 노을을 뒤돌아보면
그리운 얼굴 만지고 싶은 몸은 온통
소금기둥으로 굳어져 부서진다
도무지 잊을 수 없어서 아름답게 조작해버리는 기억처럼
누구나 공평하게 표절하는 것이 또 있을까
망각을 위한 연주는 없는가 집시에게 물었다
단 한순간만이라도 지워낼 수 있다면 마지막으로

노을빛에 온통 미어져 밀려간 사람을 연주하겠네
그 뒷모습을 바라보는 자의 빈 가슴을 노래하겠네
허풍선이 바이올린이 삐걱거릴수록
소금창고처럼 건조하고 쓸쓸한 성곽
세상에서 가장 쓸쓸한 건
어긋난 사랑이 아니라 썩어가는 몸,
결단코 조작할 수 없는 몸
소금창고에 매달려 그 여자 대롱거리고 있었다
늘어진 혀, 붉은 구더기들
가슴을 긁어 피가 터질 때까지
판자처럼 부서진 머릿속으로 또다시
스멀스멀 노을이 기어들어온다

철조망을 중심으로 안과 밖

바다에 가까워지면서 민통선 왼쪽엔 둔치 평야
오른쪽으로 빠지면 책공장들이 있다
출입을 허가받은 농부는 만나질 못했는데
퇴근길에 보는 씨 뿌리고 추수한 흔적들
평야 한복판 시계(視界) 청소에도 남은 버드나무와
새 둥지 하나가 팔년을 이어온 출근의 배후이다
해마다 주인이 바뀌는지는 모르지만
촘촘한 강 안개의 배꼽 같은,
스스로 갇힌 그곳은 꿈속에서 잠드는 집
유빙에 새겨진 달무리는 크고 둥글었지만
낡은 서정처럼 뜨겁지도 차갑지도 않았고
여전히 흑백인 세상은 점진적이거나 다급하게
전쟁과 내전을 상영하며 돌고 있었다
한파가 최고점을 넘어갈 때, 좌우남북에 찔러총 하는
탈영병의 분노와 애인의 변심이 뜨거웠고
안개 속에 정차한 연인들의 입김은 자욱했다
서툰 몸짓들, 거친 숨길이 냉각되면서
차창엔 서리꽃, 녹슨 가시마다 서리서리 상고대 피었다
해가 솟자마자 서해까지 번지는 낙화의 행렬

녹아내린 꽃들에 목을 적신 철새들 다시 날아오른다
숨죽여 휴전선 건너느라 대열에서 뒤처지는 철새,
처음으로 이 땅을 방문하는 어린 날개가
항로를 조정해 인가에서 멀어진다
본능적인 조감도에는 통제선 멀리
공장과 마을이 밀려나 있고,
시계 바깥으로 사람들이 격리되어 있다

가수리

작년 꽃가지는 그 자리에서
그렇게 피어나 흔들린다
산맥은 일제히 연두를 켜서 흘려보내고
물든 강물 어느 결에서 웃는 여자가 있다
꽃잎 듣는 자리마다 입질하는 물고기떼
맑은 허기로 연주하는 물결의 선율
그 어느 결에서 십년 뒤로 흘러내려가
우는 여자가 있다

천년 동안 물속에 드는 느티나무 그늘
강을 닮아 흐르고 흐른다 이곳에선
물속으로 단명한 목숨도
떠난 것들이 아주 떠나가지 않는 기억도
흐르기로만 한다
등 뒤에 선 세화가
온다 간다 말이 없이 흐르는 것처럼
조양강 물빛에 목이 쉰 사내는
백년도 더 흘러간 얼굴을
꽃 진 자리에 놓고 간다

누군가 가다가 아픈,
누군가 울다가 가는 가수리(佳水里)
그 자리에서 되돌아보면 어느 결에
강과 나무와 사람의 경계가 지워지고
어느 결로 사라지는 천년의 시간이 있고
봄빛이 가장 환해지는
우주의 한 시절이 문득,
있다, 멈춰 있다

히말라야의 염주

산사람 안치영

추운 길가에 키 작은 맹인 노파가 졸고 있다
백년 주름에 새긴 바람길과
염주에 쌓인 손때가 로체의 밤하늘처럼 빛났다
'내 마음속 신이 당신의 신께 경의를 표합니다'
합장하니 하얗게 퇴화한 눈동자로 웃는다
더듬더듬 빼낸 염주 한알을 쥐여주면서
손목시계와 바꾸자고 한다
맹인의 시간에도 시계가 필요한 것인가
기압과 고도를 읽어주는 등산 시계는
히말라야 대양에서 등대불빛 같은 것
고작 그 한알에 미아 신세가 되라니
웃으면서 염주알을 돌려주었다

고도가 올라갈수록 가장 먼저 퇴화하는 건 시력,
그다음으로 손발의 감각이 멈춘다
정상을 눈앞에 두고는 숨이 멎어
거벽(巨壁)에 박힌 하켄처럼 고립되었는데
캄캄한 시야를 뚫고 염주알이 반짝이며 내리꽂힌다
하산하라는 명령,

얼어붙은 손으로 낙석 박힌 곳을 더듬어보니
백년은 묵었을 단단한 뜨거움이 상처를 밝힌다
하행 카라반에 다시 찾은 그 길가엔
생전 처음 보는 검은 야생화 한송이,
이후 숱한 등반길에도 보지 못한 칠흑 같은 꽃,
신이 졸다 가신 흔적

정상을 친다는 것, 정복한다는 것은
죄업의 말, 도전하는 것도 산이 아니다
풀꽃같이 작은 신 앞에 더 낮게 엎드리듯
눈먼 시간을 건너간 끝에서
감각 없이 떨리는 손을 내밀듯
그렇게 모셔야 하는 것
온몸 떨리는 첫 사랑고백처럼
내 마음의 산 또한 당신의 산을 모셔오는 것이다

유리비행

산과 나무를 품고 유리는
길을 자른다 아침부터 벽을 울리는 소리
붉은빰멧새 한마리 바르르 떤다
아직 식지 않은 체온과 호흡,
쿵쿵 손금을 타고 번지는 박동을
힘껏 허공에 날렸다

생태 습지에 들어선 책공장들
사무실 유리는 견고하고
사람들은 거울 뒷면처럼 흐리고 묵묵하다
반사된 풍경에 홀린 날개들처럼
눈먼 나의 눈이 투신하는 곳도
당신이 밀어내고만 있는 색과 상
산산조각 난 고백의 문장을 쓸어담고
쏟아진 비행을 묻어주는데
또 한마리의 죽음이 울린다
보다 못한 누군가 버드세이버를 붙이자
거짓말처럼 우회하며 다시 흐르는 길
허상을 좇는 마음을 허상으로 쫓는 마음의 자리

허나 사랑의 길은 신기루에 눈멀어 피 흘리는 것
저 스티커가 멧새들을 밀어내도
이미 유리에 스며든 길은
맹금류의 허기처럼 치명적이다

야근을 끝내고 창문을 닫다가
호흡이 접질린다 달빛이 통과하면서 그린
사륙전지만한 원고지에서 파닥거리는 날갯짓,
달빛 깃털을 쫓아가다가 쿵,
심장에 금이 간 자리
스며들지 못한 피투성이 문자들
식고 있는 당신의 허상을 품고
날아오른다 추락한다

저만치에 배후 세력들

만인보 보유편

행신사거리와 능곡사거리 중간쯤에서
파지 수레를 만났다
늙고 마른 몸이 된숨을 몰아쉬면
나도 속도를 줄이고 숨을 멈췄다
퇴근할 때는 조금 돌아서
경의선 건널목을 지났다
딸강딸강 멈춤 신호와 기차 소리,
백발 할아버지의 붉은 깃발은
전라선 간이역을 돌려주었다
마음은 늘 기차보다 급한 초등학생을
구부정한 노인들의 보행기를 부축해주었다

갑자기 거대한 마감이 몰아쳤다
'만인보' 서른권을 완간할 때까지
밤늦게 과속하고 지름길을 내달리는 마음은
출근길 기차보다 더 바쁘고 만원이었다
수만 군상의 상처와 역사를 품고
겨울이 내리고 봄이 지나갔다
유월이 되자 출퇴근을 되돌렸다

낯설어진 길에 파지 수레가 사라졌다
지하도를 뚫는다고 통행을 막은 건널목에는
멈춤 신호와 깃발이 없어졌다
불현듯 일어나 회사 뒷마당을 내다보니
언제인지 모르게 잘려나간 회화나무

'만인보'를 읽을 때마다
갈피 속으로 걸어가다 멈추는 삶들이 있다
속사정을 알기는커녕 말 한마디 건네보지도 못한
파지 할머니와 건널목 할아버지
또 늘 저만치에 서 있던 회화나무,
저만치서 사라진
친애하는 나의 배후 세력들

연시가 녹는 시간

초겨울 아픈 이마를 짚어주다 말고
연시 두개 냉동실에 넣어두었지요

차갑게 베어문 채로 사월 꽃비를 봅니다

연하고 부드럽고 슬퍼서
얼릴 수도 없었던 시간

낙화까지는 살아남겠다,
얼음에 쓴 서약이 있었습니다

삼십세

그늘진 말들이 와서
가만히 안아주었네
빨리 늙고 싶은 마음들이 함께
차가운 맹지에 숨어들었네
끝내 묻지 않고 묻어둘 수도 없는
침묵은 다 벗은 상처의 끝물이었네
서로를 베어물면 햇볕마저 시고 떫었네
누구라도 먼저 져버리길
애타게 기다리지 않고
이미 전생에서 버림받은 말들로
사랑을 나누며 잠이 들었네
바람꽃 앞에 내던진 시간,
늘어진 속옷처럼 놓아버린 마음들이
꽃자리에 머물렀네, 저만치
떠올릴 때마다 새벽 가등이 꺼지네
어스름 속으로 푸르게 돌아보면
짓다 말고 버리고 온 집이 한채,
그 자리에 선 채로 늙고 있네

제 3 부

더럽고 숭고한

거룩한 일

푸성귀와 누리장나무
다 뜯기고 줄기만 남았다
바람결에 이력이 나 몸을 낮춘
후피향나무는 살아남았다
무너진 돌담을 꿰매는 거미줄이
반짝였다

지붕 다 날아간 앞집 마당이 환하다
작년에 외동딸 육지로 여읜
홀애비 하르방,
이승엔 듯 돌아앉아 며칠째
서럽게 취했다
굽은 등에 바람은 부드럽고
햇살은 선득했다

뒤집히고 잔잔해진 바다
탄생 같은 임종 같은
숨비소리가 검푸르렀다
물질 나간 좀녀 할망,

저승엔 듯 빠져나와 간신히
녹슨 유모차를 밀고 간다

들별꽃

정성근

생일날 아침 갓 서른을 지난 후배가 남편을 잃었다
상을 치르는 내내 나는 울고 밥 먹고 울었다
숭고한 척 잔인하고 싸가지 없는 밥
세살짜리와 두달 된 어린것을 안고 그녀는
젖을 물리기 위해 밥을 먹고 토하고
또 먹고 토하며 꺽꺽 울지도 못했다
죽을 수도 없는 슬픔에게도 빈틈을 내주지 않는 죽음

어린이날 공원의 꽃빛이 시렸다
이제는 연애도 하고 제주에도 가보라며
꾸역꾸역 김밥을 밀어넣고 꽃 핀 쪽에서 고개를 돌렸다
물 한모금 마시지 않은 그녀를 한동안 다시 볼 수 없었다
납골당을 찾아간 그날 나는 또 한나절을 울고 밥을 먹었다
그러니까 세상에 나와 선하게 사는 것 말고는
한 여자를 품어 어린 자매를 안은 게 전부인 그는
속도를 위반한 죽음에게 옆구리를 내어주었다
갓난아이가 걷고 말하고 유치원에 갈 때에도
메신저 대화명은 여전히 네트워크에 걸려 있었다
'들별꽃, 지상에 흐드러진 그리움으로'

미아 같은 그리움과 로그오프된 심장,
풍장되지 못한 채 거미줄에서 흔들거렸다

큰딸애가 초등학교에 입학하는 새봄
그가 튕겨나간 수망리 교차로에서
발바닥에 피가 밸 때까지 절을 올린다
이제는 인드라망에서 벗어나라고 제발,
다시 태어나 밥 먹는 일 없게 해달라고
그녀는 울고 나는 울지 않고 밥 한 숟가락을 건넨다
그리움 따위로 지상에 남지 말라고
식기 전에 먹고 어서, 어서 가라고

* 나의 아우 정성근은 1978년 10월 경남 함양에서 태어나 과천외고와 중앙대 문예창작학과를 졸업했다. 말투와 행동이 느려터지고 시를 목숨처럼 사랑해서 늘 나의 구박을 받았다. 2011년 2월 직장 워크숍을 떠났다가 서귀포시 남원읍 수망리 교차로에서 돌아갔다. 향년 33세, 처와 두 딸을 남겼다.

호랑이는 나를 물어가지 않았다

덩치 큰 기봉이는 군대 간 형이 사망통지서로 귀향한 날부터 사대독자가 되었다 같이 놀아달라며 싸움을 걸어올 때마다 슬쩍 날린 한방에도 코피를 보는 승부는 싱거웠고 날마다 녀석의 엄살은 멈추지 않았는데, '워메 사대독자 내 강생이'가 등 뒤에서 으르렁대면 꾸벅 졸던 가짜 울음은 다시 벌판을 울렸다 분노의 추격자 꼬부랑 밤실떡은 뛰면서도 쉴 새 없이 '옘병, 이 호랭이가 처물어갈 눔들'을 쏘아댔는데, 십리나 떨어진 방죽 둑에 올라서야 넋을 수습하던 우리는 할망구네 곳감이나 훔쳐먹자며 킥킥댔다 쌩쌩한데도 딱 방죽 앞에서 멈추던 꼬부랑은 해거름이면 어김없이 그 '호랭이'와 '강생이'를 앞세우고 동네를 돌았다 마지막으로 우리집 회초리를 보고서야 녀석은 씩 웃곤 했는데, 어느날은 한나절 내내 울다 지친 것이 억울했는지 찰싹찰싹 끊기면서 징징대는 소리가 겁나게 짠하게 들리기도 했는데,

그 울음은 널리멀리 퍼져서 어른들도 '반편이 오포(午砲) 오지게 걸다, 새참이라도 먹어줘야 쓰겄다'는 농을 던졌다 지루한 추격전 끝에 걸지 않은 매질을 아픈 시늉으로 받아넘기던 여름날, 뙤약볕 아래 호랭이를 응원하는 하룻

강생이 울음이 하도 후텁지근하게 들려 에라 모르겠다, 그냥 잡혀버리고만 싶었는데 거뜬히 둑에 올라 뒷덜미를 잡아챈 밤실떡이 맥없이 고개 떨구던 날, 종아리에 노을 지도록 맞으면서 알았다 밤도망 친 기봉이 엄마를 기다리던 앉은뱅이 삼대독자 방죽에 든 사실을… 그날 이후 꿈자리엔 십리를 기어가는 땀범벅 앉은뱅이가 나타났고, 멍이 꺼질 무렵 땅 꺼지는 곡소리가 악몽을 깨웠다 요령 소리에 묻혔는지 기봉이 울음은 들리지 않고 밤실떡 상여는 느려터지기만 했는데, 만장을 들고 선 다리에서 들락날락하던 쥐가 머리끝까지 기어올라 나는 그만 울음보를 터뜨리고 말았다

쫓기지 않는데도 휑하니 몸써리가 서리는 이유를 몰라 울다가 뒤돌아보다가 또 울다가 차라리 진짜 호랑이가 데려가기만을 빌다가… 이런 호랭이가 물어갈, 애걸복걸해도 와주지 않는, 옘병, 호랭이가 처물어갈 이 잡녀르 호랑이,

꽃

달맞이꽃처럼 순식간에 터져요
참지 않는 울음은
봉선화 씨앗처럼 간지럽게 뿌려요
눈물 매단 웃음은

열매 감춘 씨방보다 연하게
나무를 새긴 씨눈보다 완고하게
사철 지치지 않고 활짝,
무궁한 꽃이 피었습니다

흔들리고 주저앉을 때마다
귀신같이 쪼르르 달려오는 꽃은,
배고프다는 그 꽃은 친히,
목젖 찢어져라 피어납니다

꽃을 품고 굽신굽신
밥벌이에 단내가 납니다

지독한 사랑

경찰관 이석우

가도 가도 물 빠진 광야뿐 중저음 파도 소리가 돌격 앞으로 훈련병 함성처럼 정내미 떨어지는 서해바다였다 아주 간혹 뻘밭에 나갔다가 시나브로 포위한 밀물에 떠오르는 외지인 시체가 커다란 사건인 전라도 시골 마을, 가다가 가다가 지친 권태가 낮술 먹고 뗑깡부리는 지랄맞게 지루하고 외로운 이십대였다 시시한 싸움판이면 어김없이 갈리다 만 고춧가루처럼 껴붙어 쉬쉭 췟췌, 입으로 잽 소리를 내랴 아뵤! 이소룡 흉내를 내랴 바쁜 꼬챙이 갈비씨 달봉이(당시 48세)가 노상 흘리는 웃음에 넋도 흘려보낸 반편이 혜자(당시 43세)와 붙어사는 건 순전히 장애인 보조금 몇푼을 등쳐서 먹는 술 때문이었다 대낮부터 길바닥에서 헤엄치는 그를 이따금 순찰차로 데려다줄 때면 혜자는 혀 짧은 반말로, 워메 저 씨벌눔 또 술 처먹고 왔그마이, 솔찬히 싸납게 날리면서도 요를 깔고 빨간 다라이에 발을 씻기며 바깥양반 대접도 마다하지 않았는데 세간이라고는 마당에 널브러진 양은그릇과 냄비, 쓸쓸허니 선뜩한 장독 두어개가 전부였고 어느 때는 끼니랍시고 해 먹은 풀떼죽 찌끄러기가 찌그러진 냄비에 남아 허물어진 마루 한 귀에서 얼어붙고 있었다

지는 동백 사이로 벚꽃 피는 봄날 귀밑 솜털 뽀얀 윗말 명구가 달달달 짝다리 떨며 비 맞은 수탉마냥 뚤레뚤레 눈치 보다가 놀린답시고 실실, 달봉이 거시기는 겁나게 뜨거서 거식헐 때마다 허벌나게 거시기헌갑제? 까불어쌀 때, 씩 웃는 혜자가 달달달 사이로 멕인 주먹감자까지는 차라리 본전치기로 받아먹었다고 우길 만했겠으나 반고자 붕알 빠지는 속도로 내빼게 한 것은 천하 없는 말주먹이었다 어따 요 발정난 강생이 새끼 좀 보소 날아가는 참새 빤스라도 봤는갑서야, 거시기 그려 오널 귀경 조까 해불자, 니 물견은 월매나 여물었능가 시방 나가 봐불랑께 싸게싸게 까라 잉?

그해 연말 제법 시시하지 않은 폭행 사건에 연루된 달봉이가 나흘이 되도록 들어오지 않자 그녀는 걷어붙인 팔을 흔들며 파출소 앞을 왔다 갔다 쌕쌕거리다 쭐레쭐레 넘겨도 봤다가 작심한 듯 현관문을 밀치고 외쳤다 거시교, 나 때린 눔 못 봤다우? 시침을 떼고 있자니 그 두툼한 입술로 으앙으앙 꺼이꺼이 아예 바닥에 주저앉아버린다 시끄러운 것보다 눈물 콧물 범벅이 된 들창코가 애리기도 해서 읍내 경찰서라고 일러주었더니 다음날 댓바람부터 도시락 싸들고 유치장 바라지를 다닌 모양이었다 엄동설한 바람 부는 날이나 만설 속에도 비닐슬리퍼를 끌고 사십리 길을 오갔을 시푸르둥둥언 발과 그 퉁방울 쇠눈을 보고 있자니 미련퉁이 모지리라는 지청구 대신 이런 옘병헐 잡녀르 것은 참말로 짠허디짠허고 몸써리 나는 것잉게 아, 필언허고 페일언혀서 '징허게 거시기하다'고밖에는 달리 표현할 방도가 없었는데…

그래 놓고 마음도 탁허니 놓아버리기로 작정했는데 못내 아쉽고 겁나게 서운해져서 점점 눈시울이 시큼해지는 순간이었다 빳빳해진 뒷목이 떨기만 할 뿐 가도 가도 가지지 않는 내 청춘이 알몸으로 받을 수밖에 없는 그 밤 고창군 해리면 밤 파도 소리가 매겁시, 끝간데 없는 저음으로 무장한 백만대군은 또 무담시, 무작시럽게 달겨들기만 하는 것이었다

그런 날들

일출 직전 노을에 빨려들었다
놀 속으로 아름다운 파도 소리 속으로
자전거를 몰아 해안도로를 달렸다
갑자기 쏟아지는 비에 홀딱 젖었다
불현듯 아침놀에 물든 어머니 말씀이 떠올랐다
'밖에 나가지 말거라, 비가 오실 것이다'
추웠다, 별방진 정류장 부스에 들어 비를 피했다
살 것 같은 것도 잠시 발작하듯 배가 아파왔다
식은땀이 흐르다가 죽을 것도 같았다
화장실을 열어놓은 망고주스 가게로 달려갔다
간신히 볼일을 보고 보니
더럽고 서러운 변기였다, 고맙고 살 것 같았다
찬비는 그치질 않았다
다시 추워져서 견딜 수가 없었다
덜덜 떨다가 배까지 고프니 정말 죽을 것 같았다
까맣게 잊고 있던 파도 소리가 다가와
설사하듯 한 말씀 하셨다
그런 날들은 계속될 것이다,
끊어낼 수 없을 것이다

다시 빗속으로 내달렸다

동막떡

오녀삼남의 맏이인 동막떡은 실속 없는 아들 사형제 자랑에 웃다가도 서울로 모셔간 어메 얘기만 나오면 시뻘건 욕쟁이가 된다, 워메 그 할망구 언능 죽어야 쓴디, 할망구 앞에는 썩어문드러질 징그런 문디 같은, 쨍한 말들도 오종종 따라붙는다 눈길에 허리를 삐끗해 자리보전이 심각했을 때는 사설도 그만큼 길어졌는데, 필언허고 나가 전생에 뭔 숭한 죄를 져부렀는갑서야 이런 영금을 다 보고, 대처나 할망구는 언제 가불랑가… 아예 대놓고 비난수를 한다 호랭이가 처물어갈, 백여시 같은, 남우세스런 그 친정어메는 착하디착한 며느리와 싸운 뒤 가출도 하고 믿거나 말거나 이도 새로 나고 워메워메 띠동갑 어린 거시기랑 연애도 한단다

곡성(谷城) 외가에 갈 때마다 맏딸의 막내에게만 그해 가장 큰 왕밤과 장도감을 내주던 할머니는 구순 지나서도 허리가 짱짱했다 첫아이 돌잔치 날, 오랜만에 모여 앉은 할머니와 팔남매가 한마디씩 덕담을 던지는데 요새는 딸이 좋은 세상이라는 삼촌의 농을 도끼눈으로 자른 동막떡은 외숙모 면전에서 소리를 높였다, 그려? 아따메 거시기 겁나게 조컸다 잉 금값 딸랑구만 둘잉게, 하이고 고년들이

제상에 향 꼬실라준다디어? 지랄옘병허고 자빠졌네, 요 막내도 아들을 낳아부렀응게 나는 오날 죽어도 좋다니께! 막나가는 동막떡 입이 점점 걸어져 딴 데로 옮을까봐 안절부절 얼굴이 붉어지는데 환갑 지난 큰이모가 귓속말을 한다, 막내야, 나가 달겔랑게 오널은 울 언니 쪼까만 봐조라, 그리고 처음 듣는 말, 돌 지나까지 키웠단다, 내겐 큰형보다 더 큰 형이 있었다고

어머니는 맏이를 앞세운 적이 있다

필언허고 모다들 살아지는 것잉게

하나씨 탁했다고 너 시방 유세허냐 허구헌 날 술만 자시다 휭허니 간 느그 하나씨, 고것이 맺혀서 니 아부지는 술독 가차이는 가지도 않는 것이여 쌍둥이 군대 보내놓고도 그리는 안했을 것잉게 내 팽생 고로코롬 지달린 적이 또 있을까 몰라 아침부텀 뫼이 빠지고 올 때가 지나불고 별 송송헐 때꺼정 보타지다가 밤길을 나섰지 않었겄냐

뫼등엔 휙휙 혼불 날아댕기고 머리끄잽이를 잡아채는 도채비놈들 땜시 워치케 갔는지도 모름시롱 이십리 밖 주막엘 당도했는디 하나씨는 주모 무르팍에서 태평허니 잠들어 있었니라 남원 장부텀 취해 요천수 건넘서 한짝을 흘린 거는 아는지 모르는지 꽃고무신 외짝만 꼭 품고 있었는디 글씨 단술 단꿈에 웃음꺼정 흘리더랑게 겁나게 서운헌 것은 번연헌디 말이여 도시 모르겄단 말이시 그때 내가 암시랑토 않은디끼 이슬 맞은 벅구맹키로 암말도 안헌 연유를

아부지 등에 업혀오는 밤길, 갱변 반딧불이 내 꽃신맹키로 흐르고 쪽달 서린 강물에 눈이 부슨 아부지는 휘파람을

불다 말고 목이 메었는디… 느그 하나씨나 이 고무나 그 누군들 심장에 맺힌 이름 하나 없겄다냐 가심에 묻고 이날 입때꺼정 살았는디도 흘러간 것이 여직껏 흐르고 있단 말이여

신을 수 없는 한짝 어쩔 것이냐 왜 죽었는지 어디로 흘러갔는지 모른다고, 알믄 또 머던다고 펴질러 통곡헐 것이냐 니 맴 훤히 아니라 진짜 아픈 맴은 우세스럽게 께벗는 것이 아닝게 필언허고 앙구찮으믄 모다들 살아지는 것잉게 이눔아 엥간히 퍼마시거라 잉

영등할망

월정리와 평대리는 홍대 앞 거리에
바다를 장식해놓은 듯했다
연인들은 뷰파인더를 통해서 바다를 봤다
쉴 새 없는 셀카봉 셔터 소리를 뚫고
바다 쪽에서 팔순 할망이 걸어오고 있었다
주름 깊고 검푸른 얼굴이 다가갈 때마다
홍해처럼 갈라지는 인파는 희멀끔했다
매일매일 한결같은 모습으로 나타났으므로
업고 가는 거대한 미역 짐은 아예
외봉낙타의 혹이었고
낮게 흔들리는 걸음의 리듬은
메트로놈처럼 빈틈이 없었다
정확한 각도로 굳은 허리는 짐짓
무덤이 솟은 뒤에도 펴지 않을 것이다
걸음마 뗀 관광객 아기를 피하느라 기우뚱할라치면
파도가 조금 더 소리를 높여 끌어당기고
바람은 바닥 쪽으로 세게 불어가 부축했다
지고 가는 것은 혼자가 아니었다
미역과 파도가 할망을 안고 가고 있었다

바람은 늘 같은 시간에 동행하며 순하게
걷다가 머물다가 또 누군가에게로
가쁘게 달려가고 있었다

애완동물의 일상을 보는 시각

짐승의 키는 삼백 미터
얼굴은 한번에 다 볼 수 없고
꿈쩍도 않는 것 같지만 계절이 변할 때마다
시침보다 미세하게 움직인다
장마철 내내 폭풍우를 품어
으르렁대는 소리는 해일보다 장하였고
연초록 털빛은 금방이라도 서해까지 내달릴 듯 꿈틀거렸다
단풍빛 털갈이, 동면하는 백곰같이 묵묵한 등짝
눈보라 치는 밤엔 통제선 넘어 송악산까지 다녀와
자욱하게 안개 숨을 내뿜었다
멀리 임진강이 보이는 뒷마당
순한 개 같은 저 짐승

발치께에 새로 지은 우리가 서고
이른 아침부터 단잠을 깨우는 것들
눈 깜짝할 사이를 살다 가고
번식한 새끼들이 그 자리를 대신하기도 한다
오직 당당한 것은 직립보행뿐

바람과 맞바람이 사니 죽니 흘레붙고
발기부전과 깔수록 느는 이자가 한숨을 쉰다
종종 옆구리를 기어오르는 것이
만사 잊을 수 있는 등산이라나?
평생 으르렁대며 밟고 밟힌 뒤
꼬리 내리고 쫓겨나는
영락없이 개 같은 것들

숲 하나 거대한 달리기를 멈출 때
실금만큼 한반도에 주름이 진다
시시때때로 확인된 시각은
억만시 삼백육십오분에 담긴 오늘이거나 내일
늘 같은 시간 점심을 먹은 태양이 하품할 때
한치의 오차처럼 흘린 침방울
그 속에 맺히는 산과 건물, 우리 안 우리들

삐라를 주세요

이면지처럼 엎어져서 견디다가
이게 다 빌어먹을 밥 때문이라고 생각한
사월이었다 아무리 더러워도
거를 수 없어서 간단히 먹고 뒷산을 걸었다
진달래 꽃가지에서 흩날리는
연분홍 삐라를 보았다, 수십년 만에
바람난 듯 불어온 삐라

슬펐다
살점이라곤 개뼉다구만큼도 없는 데마고기라서
조악하기 짝이 없는 프로파간다라서 슬펐다,
차라리 그쪽엔 같은 피가 아니라
블론드헤어와 오드아이 종족만 산다고 뻥을 치지
아침마다 만평에 나는 마귀할멈 낯짝에
외세 앞잡이들 컷이라니 이런 쌍팔년도 상상력이라니,
이 사람들아, 밥은 먹고 다니는가
걱정도 잠시, 갑자기 낯이 뜨거워져서 슬펐다
비정상이 정상에서 칼춤 추고 거꾸로만 흘러가는 역사일지라도

여기는 덜 시대착오적이라고
서로 내가 더 친하다 진실하다, 애들처럼 쌈박질을 해도
선거라도 치르는 남쪽은 덜 독재라고
그곳보다 이쪽이 덜 지옥이라고 자위할 수 없어서
더 슬펐다

말초신경 저미는 삐라는 없는가
삐라라는 말만 들어도 두근거리던 시절처럼
애벌레 같은 새끼들 걱정은 물론
사표 던질까 노심초사하는 노모도 잠자게 해준다는 공약,
한달에 시 한편만 쓰면 먹고는 살게 해준다는 감언이설,
휘핑크림보다 더 달달하고 간절한 선전선동이라면
체제 전복은 못할지라도 속은 셈 치고
요단강인 듯 임진강 횡단할 테니
루비콘 지나 레테라도 헤엄쳐볼 테니
에미 자식 몰라보게 중독되는 삐라
려춘화처럼 붉고 불온한 삐라는 없는가

그해 첫눈

식은땀처럼 눈이 내렸다
모든 것이 등 뒤에서 등을 돌렸다
뒤를 돌아볼 때마다
등 뒤는 재빨리 몸을 돌려
또 다른 등 뒤가 되었다
눈길에 베인 눈이
청색 별처럼 타올랐다

등대는 눈을 잃었고
직립할 때마다 하늘은 바다로 변했다
결국 견고한 수평선마저 흘러내렸다
병든 귀에서 잉크병이 깨지고
검붉게 하늘이 흘러내렸다
강진이 지나간 뒤
세상의 모든 음악은 더럽혀졌으므로
소음과 적막은 구분 못해도 좋았다

병으로 물들인 세상 또한
약시(弱視)로 보면 괜찮다,

각혈 따위 흰 눈에 뿌리지 않았어도
신께서 보시기엔 아름답다
맨 먼저 등을 보인 건 등을 가진 것들,
그다음은 등 없는 허상들, 가락도 없는
첫눈도 처음부터 폭삭 망하는
폭설이다

노동시 혹은 에디터십

문장과 비유는 물론 글자 하나하나를 향해
온몸의 세포를 열어놓을 때에 윤리는 생겨난다
—어느날 에디터 일기 중에서

음지에서 일한다
국정원의 사정이 아니다
책상이 빨갛게 물든다

간호원은 간호사로
연기자는 연기인 또는 배우
장애자는 장애인으로 고친다
필자, 저자는 글쓴이, 지은이
편자는 엮은이로 바꾸고
인쇄인과 펴낸이는 바꾸지 않는다
시인과 작가는 고민하지 않는다
편집인을 놔두고 편집자를 지나친다

원고가 최악이라며 야근하는
신참은 의지가지없다, 투덜투덜
특정 직업과 인격을 비하했다며
자(者)와 원(員)을 지운다, 무심결에
자본가,를 놓치고 노동자,를 억압한다

책꽂이엔 '출판편집자가 말하는 편집자'
고작 이해 못할 자들이 처박혀 있다

면지의 췌사 혹은 '작가의 말'
시인이 자필하고 작가가 말씀하신다
편집자님, 고맙다고 편집자님, 덕분이라고,
양지를 지향하지 않는다
거기 묵묵한 척 노동하는 놈님, 년님!

그믐달

우주로 열렸다 닫히는 문,

그대의 눈

자국도 없이

벌거벗긴 채 꼿꼿이 세워진다
무한 허공을 짚으며
비로소 밑바닥에서 해방된 바닥
들것에 들리는 저 발바닥
자국도 없이 간다

제 4 부

공중에 나는 저 꽃은

곡우

쏟은 꽃잎을 담을 수가 없었다

라면 두 박스를 쌓아놓고
자취방에 숨어 잠만 잤다

가랑비 그치는가, 서툴게
때를 놓친 꽃들이 서둘러 갔다

먼 데까지 실비가 내린다

관식이처럼 마주 앉아서

미당(未堂)의 아리따운 처제는
마음을 받아주지 않으면 죽어버리겠다는
협박범 김관식과 결혼했다지
술독에 빠진 남편을 찾아헤맬 때 그녀는
관식아! 관식아아! 판자촌 떠나가라 외쳤다지
마치 저녁밥 차려놓고 부르는 애 이름처럼
기억나는가, 달빛 환할수록 더 가난한 골목들
가진 것 없는 우리도 탕진하자
취생몽사 관식이처럼 몰락해버리자
맞짱 뜨려면 이 정부 아니면 장면(張勉) 급은 상대해야지
그렇게 싸우자 관식이처럼 망해버리자
취해서만 호기롭던 청춘이 허기질 때마다
그도 함께 마셔주었지
수십년 전에 요절한 젊음이 마치
오래된 술친구처럼 마주 앉아서

출판사 직원이 되어 편집용 시집을 뒤적이는데
갈피 사이에서 툭 떨어지는 흰 봉투
남태령 산동네에서 발신한 편지가 와 있었다

이십년 전 사월 어느날 너와 나의 숙취를 동봉해서
“귀사에서 펴낸『다시 광야에』(증보판)에도 누락된
김관식 시를 우연히 발견했습니다,
혹시 도움이 될까 하는 마음에 전문을 보내드립니다”
정지신호를 무시한 죽음이 너를 앞세우고
십년이 흐르고 또 누군가 곁을 떠난 뒤에도
여린 마음과 심장은 계속 뛰고 있었다
‘혈서 쓴 지문(指紋) 필름이 돌고 돌아 세월은 가고
똥으로 오줌으로 위조(僞造)된 역사(歷史)는 굴러내리고’*
그 역사가 또다시 조작되고 미화되는 지금도
이 똥밭 이승의 한 갈피에 살아 있었다

산동네가 전원마을 부촌으로 바뀌고
갓난쟁이 너의 딸들이 입학하고 졸업하고
짝을 만나 아이를 낳는 그 순간에도
내가 죽고 또 천지와 꽃들이 폭삭 망하는 날에도
도움이 될까 하는, 너의 마음만은 살아남아야 한다,
그래야만 한다, 중얼중얼 나는 마신다

배꽃 피면서 벚꽃 무너지는 자리에
주저앉자던 약속은 또 기억하는가
소심하고 걱정 많은 눈망울로 남은 벗이여
자꾸 없는 듯 희미하게 있지만 말고
관식이처럼 마주 앉아 딱 한잔만 받아주거라
서른몇살 '피투성이 낙화(落花)'*로 갔을지라도
흔들리는 이 봄밤의 꽃잎처럼 잠시만
제발 잠시만 앉았다가 가거라

* 김관식 「'완전범죄형의 범죄' 앞에서」(『'66 연간한국시집』, 휘문출판사 1966) 변형 인용.

화양연화

바람이 불었다, 한겨울
철물점 천막처럼 반쯤 몸을 벗은 채
차갑게 울었다, 죽을 것처럼
상처를 주고받아도
우리는 미치지 않았고 사는 것처럼
살아남지도 못했다, 자고 나면
스무살 앳된 죽음마저도
함부로 버림받았다

뜨거운 문장을 뿌리고 꽃병을 잘 만들어도
우리가 하면 쓸모가 없어졌고
세상은 점점 어처구니가 없어졌다
눈멀고 버림받는 것도 식상해졌으므로
각자 숨어서 학대해온 슬픔들을 꺼내
밤새 함께 울다가 실컷 지치곤 했다
새파랗게 젊은 게 지겹다는 몇몇은
옥상에서 유성이 되거나 모터싸이클로 날아갔다
봄날도 연화도 제발
오지 말아달라고 사정하고,

와서는 가지 말라고 발악해도
'이 시간도 다 늙는다'*는 걸
모르는 척 모두가 애를 썼다

모든 무정이 유정이 될 때까지
유정이 다시 무정이 될 때까지
타오르고 꺼뜨려버려도 광원처럼 또 바람이 불었다
한번도 펼치지 않은 소란한 시집처럼
구석에 박혀 먼지만 두꺼워지던 시절,
꿈결엔 듯 지나친 것들은 뒤돌아보지 말았어야 했다
연애조차 우리가 하면 이미 철 지난 것이거나
금세 철이 지나갔다, 애쓰지 않아도
기억은 자꾸 끊기다가 망가졌다

* 박병천「구음」.

「저녁눈」 듣다

흰 눈은 희다
실직한 눈은
때 이른 출근길 횡단보도에 희다
한강변에 눈은
만취해 기억이 없다는 눈은
제 새끼를 밴 아랫배에 희다
사채에 쫓기는 눈은
투신한 흔적을 기록한 흰색 선에 희다

때늦은 눈은
칼을 품은 눈은
피 묻은 흰 손에 희다
어미를 폭행한 눈은
컴퓨터 게임 화면에 뿌옇다
본드에 취하지 않은 눈은
임대아파트 구석진 공원에
찢긴 교복 치마 무릎 위에 희뿌옇다

흰 눈은 하얗다

그나마 젊다는 눈은
환갑이 된 이장의 작은 논밭에 하얗다
그 집 이주여성의 신생아 첫울음에 하얗다
동구 밖에서 눈은
혼자 서 있는 가로등 밑에 하얗다

흰 눈은 붐비다
적막한 흰 눈은 붐비다
시퍼런 흰 눈은 붐비다

자유로

스키드마크에서 튕겨나간 비명이 벚나무 명치를 찔렀다
때 이른 죽음이 실려간다 찬비 속으로
출근 시간으로 전력 질주하던 내 차도
하루건너 만나는 장의차들도 일순 통제된다
군사정권 말기에 인간들은 길을 닦고
철조망으로 봉쇄한 뒤 자유,라고 명명했다
죽어서도 자유를 얻지는 못한다고 단정할 자유만큼은
남아 있다고 생각하는 순간
비웃는 참새떼가 돌풍을 그리며 철책을 뚫는다
벚나무 꽃사태 속으로 또 한 죽음 직전이 실려간다
붙어 있는 숨은 목숨의 증거가 될 수 있는가
억울한 죽음이 천지사방에 만개한 사월
로드킬당하는 꽃잎들이 묻는다
철조망으로 자유를 규정했듯
죽음은 과연 살아 있음을 반증할 수 있는가
점멸하는 경광봉이 길을 열어주면
산 자들은 무사와 안녕을 향해 돌진하고
묘지로 가는 죽음은 비상등을 켠 채 느긋하다
비무장지대의 고요를 힐끔거리며

아침마다 무장지대로 진격하는 나는
무엇을 얻기 위해 매일매일 무엇으로 무장한 것일까
달릴수록 막히고 갇히는 이 길 위에서
십년이 넘도록 중얼거린 건, 돌아가야 한다
어디로든 돌아가고 싶다, 허나 그것은 저승에 가까운 말
정녕 단 하루라도 죽어 있지 않은 날을 살아냈다 할 수 있는가
약속이나 한 듯 동시에 울리는 문자들
어떤 삶을 먼저 배웅해야 할지 망설이는 사이
얼결에, 부음처럼 이 봄날은 간다

가수리 2

온통 물들었다
천년 느티 아래에도 물이 올랐다
아리고 부시다는 여자의 얼굴에서
봄빛을 쓸어내던 사내
갑자기 입을 맞춘다
저만치 벤치에 앉아 이 연놈들 두고 보자 두고 보자며 지팡이를 쥔 염소수염 노인의 손에 힘이 들어갈수록 입속 꽃잎은 더더 더듬어 들어가는데 백주대낮 같은 수염 부들부들 떨리는 바람에, 사방에서 덩달아 뜨거워진 꽃잎들 참견하고 싶어 환장하다가 에라 모르겠다 사태져내리는 바람에, 깜짝 놀라 입술을 떼고 토끼눈을 한 남녀와 눈이 딱 맞은 노인이 먼 데를 바라보는 척 피하는 바람에, 남아 있던 꽃잎들도 박장대소로 깔깔깔 쏟아지는데

토끼눈들에도
염소수염의 볼에도 주섬주섬
노을이 내려오는 조양강변
열없다는 듯 염소 한마리 고개를 돌린다,
천번째로 저무는 봄빛

청춘인지 노년인지 모를 세화의 한잎을
느리게 씹는다 곰곰
싱겁게 반추한다

슬픔의 질량

버스가 떠난 뒤 한 남자가 운다,
이번 생에 주어진 슬픔을
모조리 쏟아부을 것처럼 맹렬하게
맞은편 정류장에는 그 남자의 울음을
뭉텅 덜어와 품고 싶은,
덜어온 슬픔만큼 더 서럽고 싶은
또 한 여자가 흐느낀다

몸에서 마음속으로
마음에서 몸속으로 들어갈수록
무구(無垢)해지다가 불식간,
섞이는 것이 눈물의 속성
눈물이 나기 시작하면 계속 눈물이 나고
눈물이 나서 더 눈물이 나는 것

생의 정오엔 우는 일만 남았다는 듯
광화문 한여름 땡볕 아래
버림받은 어깨들이 운다
울다가 버림받은 사실도 잊은 채 집중하면서

열렬하게 전력을 다해
어린애처럼 운다, 종내는
어린아이들이 운다

대숲의 묵시록

대나무숲으로 갔다네
당나귀처럼 소심한 입을 웅얼거리며
자백하지 않고는 이명이 점점 커져
귀가 찢어질 것 같았네
시끄러운 선지자를 죽인 것은 나라고
그것도 아주 잔인하게 죽여
영영 찾지 못할 곳으로 내던져버렸다고
내가 죽을 것 같아서 어쩔 수 없었다고
피 묻은 입을 열려는 찰나,
대나무들이 먼저 수런거렸네
이것은 대숲을 가르는 뱀 같은 말씀
아무도 죽지 않았으나
이미 죽은 것은 오직 너일 뿐이라
이윽고 잔혹하고 목마른 폐허가
실핏줄 끝까지 번질 것이리라
진실로 진실로 이르노니
의심하는 자여 정녕
너의 가슴을 만져보라

심장을 뚫고 나와
하얀 꽃들이 피네 일제히
하얀 대꽃이 지네

모래알 동기들

한그루 나무 아래에서 만났네
뭉치면 죽는 것이라고
취할수록 햇빛은 쨍쨍
흩어져야 온몸으로 온몸이 된다고
퍼마실수록 반짝, 그래서 모래알은
서럽게 아름다운 것이라고
노래 불렀네

각자 아름다운 것이 모래알뿐일까마는
뭉쳐서 좋은 것만 있다면
술 취한 척 주정하고 기댈 때처럼
화장 번진 얼굴로 퍼질러 울 때처럼
우리는 참으로 억울하고 아리겠네
세상을 바꾸겠다고 떠들던 치들은 밤새
은는이가 조사 하나 바꾸지 못한 채 쩔쩔매고 있었네
바꾸지 못한 세상이 너무 빨리 바뀌고 있었으므로
시는 단 한줄도 쓰지 못해야 옳았네

만취한 술을 깨고 보니

다 흩어지고 한낮 꿈일 때
햇살 아래 여전히 푸르른 나무에게 부끄러웠네
눈을 뜰 수가 없이 푸르러 또다시
그 나무 아래에서 노래 부르고
홀로 잠이 들었네

꽃가루주의보

병든 눈 들어 공중의 꽃을 보라

죽어가는 꽃의 살점과 뼛가루 스며들어
그대는 병들었다, 혼절할 때마다
향기는 독하게 퍼졌으므로
병든 그대에게 나는 병들었다

병 들어와서야 오련가련* 떠오르네
사라지려는 것들
지는 한순간을 위해 만개하는 순간들

불 때마다 자꾸 어긋나는 바람의 길
꽃가루들 그 나무에 이르지 못하리
의심 없이 꽃으로 가고 가도
그대에게 나는 가닿지 못하리

공중에 나는 꽃을 보라
병들어서야 저 꽃의 형상이 피어오를 뿐**
이 열병 식으면 정녕 무엇이 보이겠는가

열꽃 흩어지는 사잇길
뜨겁게 눈먼 눈 뜨고 나면
병처럼 차갑게 그대
떠나고 나면

* 고은(高銀) 선생의 조어로 '오는 듯 가는 듯'을 뜻한다.
** 『大乘起信論疏』 중 '猶如空華 唯依眼病而有華相(공중의 꽃은 오직 눈병이 있으므로 꽃의 형상이 있다)' 참고.

걸어가는 풍경들

농민군이 도착하기 전 딸에게 검을 겨눈
숭정제(崇禎帝)의 눈에도 번졌을까
그가 목을 매단 경산(景山)에서 보는 고궁
황금빛 지붕에서 석양은 잉걸불처럼 일렁인다
북경 뒷골목 후퉁(胡同)을 걷는데
십년은 더 늙고 맑아진 박성우 시인이
메리야스 바람으로 장기판 앞에서 심각하다
반갑게 웃으며 훈수를 두니,
머저리 같은 놈(笨蛋 뻔딴)! 고함을 내지르고
천안문에서 마주친 그의 부인은
인사도 받지 않고 뒷걸음질을 친다
이화원(颐和園) 버드나무 아래 소녀는
악을 퍼붓고 연을 끊은 당신
애처로운 눈빛으로 다가가자, 미친놈(瘋子 펑쯔)!
저주하는 당신은 또 어디로 도망가는가

시차 한시간의 주문(呪文)에 걸린 듯
숱한 삶의 처음과 마지막 풍경이 빛날 때
농민군으로 전사한 전생의 분노가

시취를 풍기며 눈에 선하다가 지워질 때
가슴을 관통하고 지나간 것들은
과연 지나간 것인가
미치지 않고는 견딜 수 없던 당신의 외로움은
어디쯤에서 걸음을 멈추고 버려졌는가
미친 척 머저리처럼 반복되는 저 석양의 광장에서
문득 뒤를 돌아보는 낯선 눈동자 위로
점멸하는 인광이 있다
'파국이 도착하기 전 노을에 뛰어들어
그대와 함께 붉어지다가 어두워지겠다'
서약한 서신을 내밀던 손이 없다,
놓치고 서늘해진 빈손이 있다

악기, 오래된 전주곡

태초에 음(音)이 있었다
—『부도지(符都志)』

현(絃)은 곧 끊어지리라는 예언이 아니라도
당신이 도착하기 전부터 이미 알고 있었습니다
가장 아름다운 모음(母音)과
유성음(有聲音)으로 노래하지 않아도
깊게 숨어 녹슨 현을 퉁기지 않아도
처음부터 핏줄마다에 흐르는 음들은
눈을 뜨고 이미 준비를 마쳤다는 것을
당신이 나의 몸을 여는 순간
바다 위로 솟는 공기방울들의 찰나처럼
무한 수의 음들이 쏟아져 흩어졌습니다
전생에는 나도 누군가를 염습해주었다는 걸
어렴풋하게나마 몸은 기억하고 있습니다
그러니 유배된 자처럼 망연히
바다만 바라볼 일이 아닙니다

울리는 순간 사라지는 것이 음의 영원입니다
불멸의 음악은 애초부터 거짓된 복음
필멸의 음들이 모여 간신히 색(色)과 향(響)을 입고
연주는 단발로 휘발되어야만 하는 것입니다

나에게 출발하기로 마음먹은 순간
헛되고 헛된 사랑을 당신도 이미 직감했지요
울림통 깨진 듯 허공만 바라볼 때가 아닙니다
허공을 어떻게 가두고 침묵하고 또 내보내는지가
악기의 운명, 몸 가진 자들의 공안(公案)입니다
당신이 오지 않았다면 영원히 유폐되었을 그 음들
기쁘게 소멸하는 한순간을 위해
당신도 몸에 스며든 음을 깨울 때입니다
미미한 미풍이 이제야 불기 시작했고
전주곡 하나 겨우 끝났을 뿐입니다

무릎

사막 한가운데서 길을 잃었을 때
모래바람 속으로 나타났다
사라지는 얼굴들을 보라
도둑같이 죽음이 임할 때
딱 한번 최후진술의 기회가 주어진다면
운명이여, 수고하고 무거운 짐 진 낙타처럼
낙타의 최후처럼 무릎 꿇게 하라
잠시 또 시간을 허락해준다면
평생 남원평야를 벗어나지 않은 아버지
쌀자루 지는 팔순 무릎처럼,
가까스로 지구를 들어올리는
첫아이의 걸음마 그 처음 무릎처럼
펴서 올리게 하라
비틀비틀 찰나라도
여한 따위 가차 없겠다

숨

집마당에서 손님을 받아달라,
후사도 없는 유언은 소박했다
하루도 들을 비운 적 없는 당숙 떠나간 뒤
농구(農具)에 묻은 흙은 채 마르지 않았고

상강(霜降) 전야
한개 남은 까치밥 아래 내걸린 조등 빛이
따스하게 가닿는 이웃집 창문
생애 첫겨울 맞는 베트남 신부와
만혼의 감창(甘唱) 숨죽여 끊이질 않고

광원(曠原)엔 서리,
언 들불 댕기는데
벼 그루터기
새싹
밀어 올린다

| 해설 |

목숨 같은 말들을 오래 닦다

이은지

물끄러미 응시하는 시

당신은 정물화를 보며 가슴 뛰어본 적이 있는가. 마네의 그림 속 말라붙은 꽃다발이 영원히 삼키고 있는 아름다움, 모란디의 그림 속 도자기들의 매끄러운 표면에 영겁으로 얼어붙은 침묵에 동요해본 적 있는가. 화폭에 담겨 있는 것은 단순히 정지된 사물들이 아니다. 그 사물들이 정지되어 있기 위해 모든 생동하는 것들 가운데 감내해야 했던 세월의 더께야말로 정물화가 보여주는 것이다. 당신이 정물화를 보며 가슴 뛰어본 적 있다면, 박신규의 시에 가슴 뛰지 않을 이유는 없다. 주변의 모든 것이 변모하더라도 개의치 않고 무언가를 오래도록 바라보는 놀라운 일이 박신규의 시에서는 범상하게 일어나고 있으니 말이다.

박신규 시인의 첫 시집 『그늘진 말들에 꽃이 핀다』에서 먼저 눈에 띄는 대목은 죽음에 대한 시인의 인식이다. 세상만사에 활발히 접속하는 동안에도 시인은 묵묵히, 그러면서도 끈질기게 죽음만을 응시한다. 그 시선이 그리도 집요해야 하는 까닭은 죽음이 "죽을 수도 없는 슬픔에게도 빈틈을 내주지 않는"(「들별꽃」) 지독한 존재이기 때문이리라. 남편을 잃고도 어린것들을 먹이기 위해 울지도 못한 채 꾸역꾸역 먹어야만 하는 어미와 같지 않고서는 죽음이 제 곁을 내주지 않기 때문이리라. 그렇기에 죽음을 응시하는 것은 삶과 죽음이 한바탕 거세게 드잡이하는 일이기도 하다.

아니다. 사실 그러한 힘겨루기가 필연처럼 요구되는 까닭은 따로 있다. 시인이 응시하는 죽음이란 하나같이 삶을 앞서거나, 뜻밖의 하중으로 삶을 앞지르고 뒤집어엎는 무도한 죽음이기 때문이다. 이 기막힌 인과의 뒤집힘을 살아낸다는 것은 삶을 기어코 수동태로 만들어버리려는 죽음에 삼켜지지는 않되 죽음의 곁을 지키겠다는, 끈질긴 역설의 실천이 될 수밖에 없다. 이 실천 속에서 "죽을 만큼 아팠다는 것은/죽지 않고 살아남았다는 것"을, "죽도록,이라는 다짐은 끝끝내/미수에 그치겠다는 자백"(「너는 봄이다」)을 뜻하게 된다. 죽음이 삶의 척도로서 야욕을 부리는 이 뒤집힌 세계에서 묵묵히 죽음을 응시하는 것보다 더 미련한 일은 없을 것이다. 그러나 우리는 죽음에 대해 그보다 더 능동적인 실천을 감히 상상할 수 없다. 이 세계에서 시인은 죽고 싶어도 함부로 죽지도 못하기 때문이다. 삼대독자도 가소롭게 물어가는 호랑이도 유독 시인에게만은 "이런 호랭이가 물어갈, 애결복걸해도 와주지 않는, 염병, 호랭이가 처물어갈 이 잡녀르 호랑이"(「호랑이는 나를 물어가지 않았다」)일 따름이다. 그러나 함부로 죽지도 못하는 삶이기에 죽음에 가까운 이들의 손을 그 누구보다 깊이 붙잡아줄 수 있는 것만은 분명해 보인다.

> 붙들어도 흔들리는 것이 있다
> 아주 많이 흔들렸으므로
>
> 쉽게 붙잡지 못하는 것들이 있다
> 너무 오래 흔들려왔으므로
> 놓아주고 싶은 것들,
> 해는 저물고 어김없이 시작하는 새해
> 잠 못 드는 연휴 지나
> 구년째 의식이 없는 병실에 간다
> 궤도를 잃은 유성처럼 흔들리는
> 그 눈빛에 안부를 물어야 한다
> 촛불을 대신 끄고 손뼉 치며
> 생일을 축하해야 한다
> 늘 웃는 얼굴인 그가 크게 웃으면
> 모두가 환해지던 때가 있었다,

놔주기에는 아직 힘주어 따뜻한
손이 있다

—「떠도는 손」 부분

아프기 전부터 피는 꽃들에게

시인은 먼저 떠나간 이들의 몫까지 과적된 삶을 사는 이만이 가질 수 있는 시선을 통해 가장 아름다운 것에서 가장 슬픈 것을 건져내는 데 탁월함을 발휘한다. 예컨대 시인이 죽음과 더불어 무시로 호명하는 '사월'의 시공이 숨막히게 아름다운 이유는 꽃들이 만개했기 때문인가, 만개하자마자 돌연 낙화하기 때문인가. 만개한 꽃이 삶의 정점을 가리키는지 죽음의 서막을 여는지 우리는 알 길이 없다. 다만 눈앞의 풍경을 숨죽여 바라보며 경탄할 따름이다. 그러나 이 바라봄은 분명 그 풍경 속에 도사려 있을 진실한 무언가를 놓치고야 만다. 반면 시인의 시선은 죽음이 표면에 번연한 그 풍경 속에서 삶의 지분을 집요하게 닦아내어, "억울한 죽음이 천지사방에 만개한 사월/로드킬당하는 꽃잎들"을 판관으로 앉힌 뒤 "붙어 있는 숨은 목숨의 증거가 될 수 있는가"를 추궁하게 한다. "달릴수록 막히고 갇히는" 자유로 한복판에서 습관적으로 중얼거려온 "어디로든 돌아가고 싶다"는 한마디가 "저승에 가까운 말"(「자유로」)이라는 사실이 매서운 유도신문 끝에 불려나온다.

그러고 보면 죽고 싶어도 죽지 못하는 처지는 시인에게만 내려진 천형은 아니다. 내 목숨의 근거가 과연 내 목에 붙어 달싹이는 숨에 있는지를 의심하게 하는, "죽었으나 죽어도 죽지 않는/죽음들"의 기나긴 목록은 분명 우리 모두의 면전에 공평하게 청구되어 있건만, 왜 우리는 그 죽음들을 공평하게 속죄하지 않는 것일까? 남들보다 죽음에 더 가까이 면해 있어 죽음에 더욱 기민한 이들의 절절한 속죄는 결국 그렇지 못한 치들의 몫까지 대속하는 것이다. "사월 식게"를 드리는 제주의 한 마을, "유독 몰살당하듯 온몸으로" 마시는 여자의 경우가 그러하다. "술이 깨면 야윈 사람들은 더 야윈 여자를 보며 안심했다/뼈만 남긴 여자가 무섭게 흔들렸을 때에야 술꾼들이 흩어졌다"(「환상박피」).

그런 여자를 위해 "가장 아름답고 넉넉한 나무" 아래 둥근 평상을 만들고, 식게를 끝으로 영영 돌아오지 않는 여자 대신 "박피한 후박낭 허연 몸통"에 오래도록 술을 부어 천천히 말라 죽이는 남자가 있다. 몰살당하듯 온몸으로 마시던 여자보다 더 오래 마을을 지키고 앉아, 박피한 후박낭으로라도 여자 몫의 속죄를 해주는 그의 지독함이 시인의 그것과 닮아 있음은 의심의 여지가 없다. "어스름에 우는 자가 할 수 있는 건/눈물로 얻은 소금 한줌을 뿌려/부패해가는 시간을 하룻밤 더 연장하는 것일 뿐"(「노을 알레르기」)이기에, 죽음의 인근에 오래 거주하기 위해 삶은 천천히 유예되어야만 한다. 다음 시에서도 엿보이는 그러한 삶은 못내 미덥지 않은가.

> 쏟은 꽃잎을 담을 수가 없었다
>
> 라면 두 박스를 쌓아놓고
> 자취방에 숨어 잠만 잤다
>
> 가랑비 그치는가, 서툴게
> 때를 놓친 꽃들이 서둘러 갔다
>
> 먼 데까지 실비가 내린다
>
> —「곡우」 전문

봄비를 맞으며 곡식이 여문다는 곡우 날 풍경에서 "서툴게/때를 놓친 꽃들이 서둘러" 가는 모습에 주목하는 화자는 정작 "자취방에 숨어" 있다. 그의 칩거는 "쏟은 꽃잎"을 담을 수 없었던 스스로를 자책하는 부끄러움의 표현일 것이다. 그러나 자취방에 쌓아놓은, 묵은 곡식을 빻아 만들었을 라면 두 박스는 호의호식하지 않는 삶, 서둘러 간 꽃들을 서둘러 잊지 않기 위해 간신히 연명하는 삶에 대한 의지를 표명한다. 만물의 소생을 기뻐하기 전에 만물의 죽음을 애도하기 위해 곡식은 박스 안에서도 묵묵히 익어간다, 묵혀진다.

배후를 꿈꾸며

시인이 죽음과 이웃하기 위해 "아무리 더러워도/거를 수 없"는 "빌어먹을 밥"(「삐라를 주세요」)은 "대필과 소설 윤문으로 받은 생활비가/피 뽑고 받은 빵"(「허공 항아리」)이기도 하다. 시를 '쓰는' 사람이기 이전에 시를 '만지는' 사람으로서 시인은 죽고 싶어도 죽지 못하는 삶을 어렵사리 부양한다. 책의 음지에서 "묵묵한 척" 노동하다보면 "무심결에/자본가,를 놓치고 노동자,를 억압"(「노동시 혹은 에디터십」)하게 되는 굴절된 에디터십에 대한 환멸은 죽지도 못하는 삶에 대한 환멸 못지않게 밥벌이를 구차하고 더럽게 여기게 하는 또다른 원천임이 분명해 보인다. 시를 만지고 엮어내는 일도 여느 노동과 매한가지여서 세상을 변화시키기 전에 세상에 쉬이 얽매이고야 마는 것이다. "생태 습지에 들어선 책공장들"의 풍경이 문명의 야만을 익숙하게 번복하는 한편, (시인이 근무하는) 출판사 사무실의 통유리는 그마저도 견고하게 차단한다. 이 명백한 사실을 기만하는 유리의 투명함에 대해 사람들은 단지 "거울 뒷면처럼 흐리고 묵묵"하게 일하는 것으로 최소한의 시위를 할

뿐이다. 이를 모르는 애꿎은 새들만이 유리 너머를 향해 순정하게 투신한다(「유리비행」).

"수만 군상의 상처와 역사"를 품은 『만인보』 서른권의 편집을 마감하고 정신을 차려보니 정작 시인의 일상을 장악하던 배후 세력들은 기별도 없이 사라져 있더라는 당혹스러운 경험의 고백(「저만치에 배후 세력들」)은 시집 속의 활자들이 세상과 얼마나 동떨어지는지를 진솔하게 증언한다. "세상을 바꾸겠다고 떠들던 치들은 밤새/은는이가 조사 하나 바꾸지 못한 채 쩔쩔매고 있었"고, "바꾸지 못한 세상이 너무 빨리 바뀌고 있었으므로/시는 단 한줄도 쓰지 못해야 옳았"(「모래알 동기들」)다고 시인은 회고한다. 그러나 시의 무력함이 다시금 시가 되는 이 장면은 옳고 그름의 영역을 훌쩍 초과하는 것이야말로 시에 할당된 권역임을, 따라서 시의 불가능성은 번번이 시의 가능조건으로 새로이 환원된다는 것을 반증한다.

불가능성마저도 가능성으로 치환해내는 시의 친화력은 시를 쓰지 못해야 옳은 시절일수록 더더욱 시를 쓰게 하는 반골의 호방함으로 또 한번 변모한다. 미당(未堂)과 동서지간이었던 "관식이"처럼 대차게 마시고 여지없이 망해버리자는 「관식이처럼 마주 앉아서」의 기세는 퍽 호기롭다. "가진 것 없는 우리도 탕진하자/취생몽사 관식이처럼 몰락해버리자/맞짱 뜨려면 이 정부 아니면 장면(張勉) 급은 상대해야지/그렇게 싸우자 관식이처럼 망해버리자"는 청유는 단지 술김이라고 여기기엔 무척 솔깃하다. 솔깃하게 술주정을 하는 김에 화자는 “배꽃 피면서 벚꽃 무너지는 자리에/주저앉자던 약속”을 벗에게 환기시키며 “자꾸 없는 듯 희미하게 있지만 말고/관식이처럼 마주 앉아 딱 한 잔만 받아주거라”고, “제발 잠시만 앉았다가 가거라”고 애걸도 해본다. 그렇게 희미하게 서 있기만 한 이들을 “벚꽃 무너지는 자리”에 애써 앉히는 재주를 부리는 것이야말로 “취생몽사 관식이처럼” 사는 게 아니면 또 무언가.

결국 그처럼 산다는 건 “죽었으나 죽어도 죽지 않는/죽음들”(「환상박피」)을 기리는 데 영 무연하게 구는 이들마저도 어르고 마주 앉히는 것, 그리하여 죽음에 빚진 목숨들이 목에 붙은 숨만큼만이라도 책임을 지게 하는 것 아니겠는가. 그렇다면 시는 재주가 있다. 둘러앉아 나눌 만한 가치가 분명 시에는 있다. “숭고한 척 잔인하고 싸가지 없는 밥”(「들별꽃」)을 빌어먹어가면서까지 시를 써야 할 이유가 있다. 시를 쓴다는 것이 저 죽음들에 진 빚을 공평히 나누는 삶들의 연대를 구축하기만 한다면 말이다. 그런 연대의 시공이 있다면, 있기만 하다면, 과연 이러할 것이다.

동네는 두메산골은 아니고 읍내도 아니고 면소재지 정도면 좋지
하나밖에 없는 구판장 막걸리는 항시 쌀되로 덜어줘야 하지

안 서운할 만큼 사카린을 치고
넘치게 담아 주모 엄지 맛도 봐야 더 좋지
취할수록 서운해져서 고래고래 노래 부르면
뉘 집 자식인지 이장집에서 무당집까지 죄 알게 되는
저지른 짓보다 곱절로 낯뜨겁다가
금방 다시 낯두꺼워질 수 있는 마을이면 적당하지
—「김사인과 싸우다」 부분

앙구찮응게 살아지는,

김관식에서 김사인까지, 죽음과 삶이 허물없이 어울리는 재주를 전수받기 위해 시인이 호명하는 고수들은 시 공동체 내에서 광택이 나도록 닳은 어른들이기도 하다. 그러나 고수들은 세월의 굳은살이 박인 곳이라면 시와 비시(非詩)를 가리지 않고 어디든 존재한다. 옹기장이는 "형상이 아니라 허공을 빚고 침묵을 모셔와야/그릇이 완성된다는"(「허공 항아리」) 것을, "하얗게 퇴화한 눈동자"로 웃는 산사람은 "풀꽃같이 작은 신 앞에 더 낮게 엎드리듯"(「히말라야의 염주」) 산을 모시는 것을, "녹슨 현"을 간직한 악기는 "허공을 어떻게 가두고 침묵하고 또 내보내는지"(「악기, 오래된 전주곡」)를 저마다의 자리에서 저마다의 방식으로 가르친다.

삶 곳곳에 도사리고 있는 저 고수들은 "밀리고 서럽고 걷어차이고/삶은 또 지속적으로 뻔하였"어도 수선을 떨지는 말라고 고요히 설파한다. "차라리 죽여달라"며 혼절을 반복한 끝에 "수술 자국 틈으로 새어나오던 말"처럼 다만 "앙구찮응게" 살아지는 것이라고 도닥인다. "수만번 듣고 발음해도/도무지 통역할 수 없는, 앙구찮응게"(「물끄러미 혀에 가닿는 그 말」)—단순히 '안 귀찮으니까'로만 해석할 수 없는, 괜찮다고 하는 것도 안 괜찮다고 하는 것도 같은 희한한 한점 입말처럼, 숨은 고수들은 삶이 죽음이고 죽음이 삶인 듯, 시가 비시이고 비시가 시인 듯 아득한 곡예를 타는 데 아주 단단히 인이 박였다.

> 느그 하나씨나 이 고무나 그 누군들 심장에 맺힌 이름 하나 없겄다냐 가심에 묻고 이날 입때꺼정 살았는디도 흘러간 것이 여직껏 흐르고 있단 말이여
>
> 신을 수 없는 한짝 어쩔 것이냐 왜 죽었는지 어디로 흘러갔는지 모른다고, 알믄 또 머던다고 퍼질러 통곡헐 것이냐 니 맴 훤히 아니라 진짜 아픈 맴은 우세스럽게 께벗는 것이 아닝게 필언허고 앙구찮으믄 모다들 살아지는 것잉게 이눔아 엥간히 퍼마시거라 잉
>
> —「필언허고 모다들 살아지는 것잉게」 부분

"이눔아 엥간히 퍼마시거라 잉" 하고 "흘러간 것이 여직껏 흐르고 있"는 듯 입을 비집고 흘러나오는 입말들이 비시의 체취를 지독히 풍기는 만큼 시의 호흡으로 여물어 있음은 우연이 아닐 것이다. 시와 비시, 삶과 죽음의 경계가 무르고 삭아지며 애초에 경계 따위는 없었던 마냥 허물어지는 광경 앞에서 "우세스럽게 께벗는 것"은 감히 유세를 떨 깜냥이 못된다. 께벗지 않고도 삶에서 시로, 시에서 삶으로, 앙구찮은 듯 표표히 흐르는 '호랭이들' 앞에서 시인의 몸부림은 한낱 '강생이' 울음일 따름이다. 그러나 머쓱한 것도 잠시, 그 울음도 종국에는 저 앙구찮은 흐름 속으로 불현듯 흘러들 테다. 그러니 제주 시골집의 옆집 하르방이 육지것들 마주할 적마다 "무사?" 하고 무섭게 쏴붙여도 괜찮다. 밤새 폭풍우 다녀가자마자 바람처럼 들러 "어떵 안해신냐? 애기들 다치진 안했고?" 하고 따지듯 무사(無事)를 물어제끼다가도, 안부를 묻는 육지것을 향해 다시금 "이 보름에 소름이, 소름이 좀이나 자져?" 하며 쌩하니 사라지는 이 늙은 무사(武士)의 "무사?"(「늙은 무사」)는 시인의 몸에도 세월인 듯 아닌 듯 인으로 박일 것이다. 앙구찮응게, "아, 필언허고 폐일언혀서"(「지독한 사랑」) 앙구찮응게.

李垠知 | 문학평론가

| 시인의 말 |

마음을 다해 지은 집이라고
편하리라는 법이 있는가,
비가 새고 춥기도 할 것이다
그 비와 눈을 맞으며 당신은 또
참담하게 머나먼 쪽을 꿈꿀 것이다

나를 온
나를 비껴간
나를 관통하고 내다버린
그리운 나들 앞에 엎드린다,
울지는 않을 일이다

뒤늦은 청춘도
때늦고 있는 사십대도
잘 가라, 가서
상처받지 않은 듯이 살다가
다시 오라, 모질게 독을 품은 날로
전생에서 다시 만날 일이다

별것 아닌 고통은 있을 수 없다, 미미한 마음도 없다
마음과 함께 무너진 몸은
마음과 함께 일어나지 못한다
지나간 것은 과연 지나간 것인가
참혹에 버려진 자가
바라보는 꽃을, 하늘을 바라본다

상징과 시를, 생략과 여백을
착각하지 말라, 청맹처럼 꽃이 필지라도
눈멀지 말지어다.

2017년 10월
박신규

창비시선 415
그늘진 말들에 꽃이 핀다

초판 1쇄 발행/2017년 10월 30일
초판 2쇄 발행/2017년 12월 21일

지은이/박신규
펴낸이/강일우
책임편집/박지영
조판/황숙화
펴낸곳/(주)창비
등록/1986년 8월 5일 제85호
주소/10881 경기도 파주시 회동길 184
전화/031-955-3333
팩시밀리/영업 031-955-3399 편집 031-955-3400
홈페이지/www.changbi.com
전자우편/lit@changbi.com

ISBN 978-89-364-2415-2 03810

* 이 책은 한국문화예술위원회의 2008년도 예술창작 및 표현활동 지원금을 받았습니다.